물속에 두고 온 귀

모악시인선 029

물속에 두고 온 귀

박상봉 시집

모악

시인의 말

내가 사는 곳이 물속인지 물 바깥인지 모르겠다. 지금의 삶이 실제가 맞는가?

삶에 대해 누구나 이렇게 저렇게 말할 수 있겠지만 삶과 죽음의 '이전'과 '이후'를 모르는 상태에 지금 여기서 살고 있다.

생사 고비를 넘기며 고난과 우여곡절을 겪는 과정을 통해 나를 구원한 절대적이고, 불가해한 다른 존재가 있음을 알게 됐다. 그게 바로 시다. 누구도 안녕하지 못한 시대에 '불탄 나무'에서 '초록'으로, '달'에서 '태양'으로, 돛단배 솥귀 세우고 노를 저어 나아간다.

2023년 11월
박상봉

차례

2부 슬픔의 뒤쪽 풍경

3부 응답 한 뼘

4부　태양 속 아이들

1부
달의 눈동자

달밤

책상 아래 달밤이 쪼그리고 있다

바람이 창문 열고 들어와 의자에 앉아 쉴 때

먼저 당도한 달밤이 방바닥을 긁어대고

책상 밑으로는 켜켜이 쌓인 달의 눈동자

직립한 시계바늘이 벽면을 둥글게 더듬고 있다

고요가 달의 목덜미를 어루만지는 밤이다

우주의 자궁에서 푸른 별 잉태하는 시간

낮달

귀를 잃어버렸어요
귀가 없으니 말을 잊어요

아 어 오 우
목소리가 나오지 않아요

익숙한 단어들이 떠오르지 않네요

엄마가 심부름시킨 일은
저녁이 오기 전에 까먹기 일쑤예요

내가 잘못한 거 아니에요
해가 내 머리를 먹었나 봐요

땅이 마르고 자꾸 야위어 가요

곰나루에 쪼그리고 앉아
긴 강 바라보면
낮에 나온 반달이
강물에 발 담그고 있어요

저 달 타고 노 저어 가면
오래전 집 나간 귀를
찾을 수 있을까요

이명의 바다

시간이 지나가는 발걸음 소리

크게 들리다가 전혀 들리지 않다가
종일 말방울 소리 듣기도 한다

거슬리는 소리 듣지 않으려
귀를 빼 서랍에 고이 넣어두었다

어느 날 우연히 서랍을 열었을 때
잃어버린 귀를 발견한 그 순간
눈물이 핑 돌 만큼 반가운 까닭은
너무 오래 듣지 못하고 살았기 때문

귀를 꽂고 나니 먼 바다가 가깝게 들린다

한때 나의 연인이었던 바다
언제 미닫이문 열고 들어와
서랍 속에 얼마나 오래 머물렀던가

먼 곳의 풍경만 바라보다가
곁을 살피지 못한 불찰 뒤늦게 후회하며

서랍을 이리저리 뒤져보는데

삐걱거리며 살아온 세월이
어쩌면 파도였는지도 모른다
파도가 바다의 귀였을 것이다

옛사랑의 기억 손바닥 가득 실금 새겨져 있다

네게로 가는 아침

새벽이 빈 들판을 향해 화살을 쏘았다

숲을 헤치고 지나간 햇살은
도시 중심가 건물에 날아가 꽂힌다

질서 잃은 건물이 한꺼번에 쓰러지고
손쓸 수 없는 상처 부여잡고
감청색 물감 잔뜩 흘려놓은 하늘

세월의 뼈마디 가르듯
낯익은 얼굴 만나면
어깨높이로 낮아진 하늘이 조금씩 흔들린다

계절이 던져주는 어둠의 의미를
그대 말하지 않아도

햇살은
베어낸 뒤에도 마르지 않는 청대의 길을 적시고

목소리 그대로 바람 되어
산 이슬에 씻긴 눈으로 젖어 드는 꽃들

아이가 사라진 길모퉁이에
지워도 손바닥만 한 햇살로 쏟아지는

네게로 가는 아침

물에 잠긴다는 것

아이들이 물에 잠겼다고 한다
물에 잠긴 세월이 떠오르지 않는다

내 귀는 아이들 곁을 떠나지 못해
저 바다 깊은 물속에 산다

물에 빠져 귀를 잃고 사람의 말귀
알아듣지 못한 채 그냥 살았어

물밑바닥까지 가라앉았다가
겨우 구조된 아이는
반 귀머거리가 되어 말도 잊어버리고

바다 깊은 물속에 두고 온 귀는
아직도 찾지 못했다는데

물에 잠긴 귀가 듣는 소리는
아이들 우는 소리만 들린다

뭉툭한 발

발바닥에 창이 생겼다

창을 열 수 없어
피내(皮內) 쐐기꼴 문자를 새겼다

아무도 읽지 않을 시를
자갈밭에 맨발로 쓰고 있다

썰물 들고 밀물 쓸고 가면
흔적 없이 사라지고 말
행간의 수사에 몰두하는 동안

굳은살에 애벌레가 슬었네

뭉툭한 발이 뾰족한 나비가 되어
폭풍우 뚫고 너른 바다로 날아가려나 봐

만두

어린 시절 숙제 끝내고 밖으로 나가보면

어둠 속에 던져진 저녁이 가난해지고
동네 어귀 은행나무 아래 만두집만 불 켜고 날 기다렸지

만두, 하고 외치면
반갑게 돌아보며 상큼하게 웃던 고 계집애

빗살무늬 창틈으로 들어온 달빛에
속살이 얼비치는 교자 한 접시

청춘의 봉긋한 젖살이 살짝 삐져나온 거 보면
숨이 탁 막힐 것 같았지

젓가락 곧추세워 얇은 만두피 벗기고
속엣것 한 입 베어 물면 혀끝이 자르르

만두는 늘 부풀어 올라
그 집 앞 지날 때마다 은행나무
샛노란 잎사귀 흔들며 몽정을 쏟아냈지

계절은 가고 은행나무도 사라지고
허기진 그리움으로 여백만 남은 쟁반이
덩그마니 놓여있는 그날의 식탁

은행나무 사다리

아침 8시에 버스가 왔다
목적지 없이도 무작정 버스를 탄다

함덕에 내려 바다를 오래 바라보았다

무슨 생각이 있어 홀로 지는 섬과 은결에 물든 너울과 지
평선 너머를 살피는 것은 아니다

너는 먼 바다를 보며 다정하게 말했지
해 저물기 전에 집에 돌아가라고

말없이 담뱃불 붙이고 한 모금 연기 들이쉬고 내쉴 뿐
네 마음 알지만 아무런 대답도 하지 않았어

네가 눈 감고 있는 것을 보았지만
뺨에 흐르는 그것이 무엇인지 알아채지 못했어

저녁이 슬퍼지면 네게 주려고
함덕 오일장에서 단팥빵과 삶은 옥수수를 샀지

계절은 길가에 핀 풀꽃처럼 말없음표로 길게 이어져 있었어

사람은 나무를 베어 사다리를 만들지만
나무는 정작 사다리가 없어 다른 나무에게 건너가지 못하지

나는 오래된 나무처럼 서 있었다
그것이 얼마나 오래 지속된 일인지 모른다

너는 손을 내밀고 있었다
그것을 잡아 달라는 뜻이지 싶어 버스에 올라탔는데

차창 밖에 멀찍이 선 은행나무가
샛노란 단풍잎 후드득 떨어뜨리고 있다

마치, 눈물 떨구는 것 같았다

여름비

빗속에서 들리지 않던 소리가 들리고
젖은 발목이 더 젖어 슬프기도 한 여름이다

장마 들면 바지 까내리 듯 눈꺼풀 풀어놓고 망연자실 문밖
을 내어다 본다
밤이 되면 컹컹 더욱 거세게 짖어대는 빗소리

는개가 밤에 가지런히 발비를 남몰래 벗어놓고 갔다
그런 날, 신발장에서 늦은 오후를 꺼내어 신는다

작달비가 채찍으로 땅을 후려치듯 굵고 세차게 작살을 쏘
아댄다
이 산 저 골짜기로 산돌림 돌다가 세상의 집들과 거리의
자동차를
모조리 휩쓸어 버릴 기세다

시가 비보라 친다

자박자박 시의 빗방울 대지를 두드리는 소리 가만 들으며
시가 고인 물웅덩이 잘방잘방 발끝으로 걸어차며 걸어도
보고

그렇게 시에 젖다 보면 무엇에 젖는다는 의미를 깨닫게
된다

메마른 가슴이 이런저런 상념에 젖어 들고

못매 치듯 급작스레 쏟아지는 모다깃비

여름 콩밭에 심은 열무, 푸른 새잎 돋게 하는 거름비다

일식

사랑은 기척 없이 왔다

여름은 문 앞에 신 포도를 주렁주렁 매달아 놓고 순식간에 지나갔다
달이 태양을 가릴 때 먼 바다로 뛰쳐 도망가 아이를 낳았다

밤새도록 애 우는 소리에 시달리고
어수선한 거리의 소음 피해 방문 꼭 닫고 지내던 일식(日蝕)의 시절이었다

갓난아기한테 먹일 우유 살 돈 얻으려 담요공장 면접 보러 가는 날
무단횡단으로 체포되어 경찰서로 법정으로 오랏줄에 엮여 끌려다녔다

빈방에 혼자 남은 아기는
아비 찾아 얼마나 방바닥을 기었는지 온몸에 실꾸리 칭칭 감고 있었다

외진 바닷가 더는 갈 곳 없는 세상 끝에 와서
청춘은 오간 데 없고 길을 잃었으나

살아야 할 이유가 목숨보다 질긴 탯줄 때문이라는 사실 알
게 되었다

아이는 훌쩍 커 애지중지 키운 그 아이와 쏙 빼닮은 아이
둘 키우며 잘 살고 있다

청춘은 일식으로 어둡게 잘려 나갔지만
달이 태양을 다 가려도 아이는 지울 수 없었다

아이는 아이를 낳고 그 아이가 나를 낳았다

겨자씨 정오

나무를 보았던 것일까
사람이었는지도 몰라

지나친 것들, 빠르거나 늦거나
서두르다가 껴안지 못한 것들

겨자씨 떨어지는 것 보았던가
버려진 아무것도 시간을 만들지 못하는 시계꽃

창 너머 들판에 내팽개쳐진
있는 대로 죄다 꺼내놓고
몸 흔드는 꽃들의 일렁이는 은결

햇빛의 꼬챙이로 변주하는
저, 낮달의 뒤태는 또 얼마나 아름다운가

오래 끊었던 담배를 다시 피운다
잦은 기침마다 꽃잎의 낱말이 튀어나온다

잠들고 나면 다른 계절이 깨어 있다
한 사람에게 슬픈 일이 일어났다

아무도 눈물 흘리지 않는다

누대에 와자지껄 묻어놓은
소매 끝 흔드는 서풍의 매듭 풀지 못한 까닭이다

나무가 물끄러미 서 있는 까닭

쉽게 답할 수 있는 것이 아니므로
더러 답답한 시를 쓸 때도 있더라

식음을 물린 지 여러 날,
시의 보약으로 허기 달래며
으아어어 말을 잊어가는 벙어리가 되어
사흘 낮밤 시름 앓다가

풀리지 않는 말 가슴에 묻어두고
어느 저녁 습한 방 안에서 기어 나와
본 적도 없는 낯선 사람과 바람 부는 거리에서 얼싸안고
생의 어두운 이력을 말해주고 싶다

의문의 접시 머리맡에 올려놓고 지새어 온
불면의 밤 견디고 나면
시의 빗방울로 세상 젖게 할 수 있을까

는개 흩뿌리는 벌판에 나무가 물끄러미 서 있는 까닭

시는 그런 것까지 대놓고 알려주지는 않는다

2부
슬픔의 뒤쪽 풍경

초록 그늘

햇빛을
무릎 아래 내려놓고

하염없이 바라보는
벗은 나무 그루터기

숲속 엿보는 탁자 위
화병에 꽂힌 꽃들의 눈동자

알몸뚱이 뒷등을
살포시 끌어안은

초록 그늘의 체위

상림숲

한동안 까맣게 몰랐다

상림숲에 살던 상수리나무도 시들고
서쪽으로 흐르던 위천이 말라버린 소식
뒤늦게 우연히 들었다

올여름 숲에 서식하던 왕도마뱀이 길을 잃고
마을까지 내려왔다

박새들은 더 이상 집을 짓지 않는다

상림숲은 상실의 숲이 되었다
오랜 가뭄으로 개천에 마를 물 한 방울 남아 있지 않다

가끔 쪽빛 하늘 따라 뭉게뭉게 마실 나온 어린 수달이
상수리나무 숲 가로질러 흰 내 건너
구름 한 술 떠먹고 간다

알츠하이머의 집

별을 헤다가 통화 중에 핸드폰을 찾은 적 여러 번 있다

건망증은 기억이 방전된 배터리 같다
튜닝 안 된 자동차처럼 덜컹대는 나이

건망증이 길게 그림자 드리운 저녁
돌아오지 않는 나를 막막하게 기다린다

강가에 쪼그리고 앉아
지푸라기 같은 숫자들이
물 위에 떠도는 것을 지켜본다

물 밑으로 가라앉은 숫자들은
저녁이 되면 별이 되어 떠오른다

강물 타고 떠돌던 숫자는
밤 지새는 별들의 언어 꿰맞추느라 바쁘다

숫자로 셈하던 시간이 사라지는 것은
문밖으로 나온 뻐꾸기가 집으로 돌아가는 길을
잃어버렸기 때문이다

우면산속기

공기는 너무 날카로운 손톱을 가졌다

등 뒤에 우면산이 솟아올랐다
가슴 쥐어뜯으며 우는 소리가 들렸다

수마가 할퀴고 간 산등성이
눈물이라도 쏟고 싶은 심정일 게다

부당한 서러움에 대하여 사람들은 박수를 쳤다
박수 치는 소리에 나는 깜짝 놀랐다
누군가 따귀를 연거푸 후려치는 소리로 들렸기 때문이다

목청을 찢어 노래하는 사람은
이제 더 잃어버릴 것이 없다
애지중지 지킬 것도 도망갈 길도 없다

아무리 쓰러져도 풀리지 않는 매듭
얼마나 더 빼앗겨야 자유로울 수 있을까

비가 안 오면 무엇으로 메마른 대지를 적실 것인가
도대체 언제 서리라도 내릴까

파랗게 날 선 분노,
벌판에 함부로 버려진 서리태다

교리의 언설은 달을 가리키는 손가락
물고기나 토끼 잡는 통발이나 올무다

방안에 갇힌 문자는 스스로
목발 짚고 잠드는 바람의 법을 터득한 것일까

손목의 매듭을 풀고 눈송이 흩어지는 길 따라
창밖에 겨울이 낮게 포복하고 있다

차마, 부고를

나의 어머니는
세상의 모든 어머니

어머니를 여의는 일은
세상을 잃는 일이지요

다시 안 돌아올 먼 여행 떠나는
어머니 배웅하는 날

처마 꼬리 붙잡지 못해
차마, 부고 내지 못했습니다

한바탕 긴 꿈을 꾼 것 같아요

막차 놓친 다음
첫 기차가 온다는 사실을 몰랐어요

한 번만 더 보고 싶은데
눈물 고일 시간도 없이
더 멀어져 가는 먼 길

매화꽃몽우리 톡 터뜨리며
눈밭에 세안(洗眼) 마친 봄이
막, 달려오고 있어요

꽃마리

방 안에 꽃마리 한 묶음
누가 가져다 놓았을까

안개 숲에 숨겨진 자잘한 잣냉이
꽃망울 보일세라 들킬세라

안개 헤집고 손톱으로 만져보니
꽃마리 긴 잎자루 흔들며 예민하다

그런 적이 있었다
가쁜 숨결 들추고 오톨도톨한 꽃씨 만졌을 때
창문 두들기는 여름 소나기보다
더 큰 심장 박동 소리

오래된 시집 뒤적이다 말고
길고 긴 꽃마리 사연
책갈피 속으로 들어와 누운 것 보았다

석류 속 붉은 잇몸같이 살자던 약속
첫사랑은 어디에?

일만 번 가약을 맺어야 만날 수 있다는
꽃마리의 재회를 위해
어디서 한 줌 흙을 가져와 너의 발을 덮을 것인가

나는 사랑을 모르는 사람

이별의 먼지 쌓인 툇마루에 쪼그리고 앉아
두 눈동자 밤하늘 별빛 되어 은하수에 닿았다

매미와 베짱이

매미를 한자로 쓰면 蟬
쓸쓸한 벌레라는 뜻이다

나무에 붙은 벌레는 혼자 쓸쓸해
외롭다고 그리 울부짖었나 보다

쓰르라미 한 마리 기어간다
여름내 방충망 붙들고 신나게 울어대더니

제 갈 길 찾아
가을 들녘 길 울퉁불퉁 내달리고 있다

우렁이도 맥 못 추는 무더위 지나자
곧바로 쌀쌀한 바람 불어닥치고
어느 틈에 벌써 송림한선(松林寒蟬)

논 가장자리 메뚜기는 입 꾹 다물고
알곡과 가라지 솎아내는 낟가리에 전념 중

베짱이 뒤늦게 베 짜고 방아 찧는
분주한 계절이다

생각나무

산책 나가면 금방 얼굴 마주치는
키 작은 이웃이 있다

산수유인 줄 알았는데 생강나무였다
아니, 생각나무였을 것이다

밥 먹다가 숟가락 놓고 생각한다
고개 수그리고 어떻게 안약을 눈으로 먹나

저수지의 물결 물끄러미 바라보며
다시 빙하기가 온다면 인류는 과연 견딜 수 있을까
따위의 얼어붙은 생각으로 물멍* 때리는 중

봄이 자판 위를 걸어 다니는
또독 오도독
노란 생강꽃 씹어 먹는 소리

미끄덩거리는 물비린내
검지 끝에서 아우성치기도 하는 것이다

---

*물을 보며 멍하게 있는 상태를 말하는 신조어

밀양

햇빛 좋은 날
영남루에서 한 여자를 만났네

푸른 잎사귀 서늘한 그늘에
오래된 흙으로 이마를 덮고
그 여자 돌 속에 들어가 꽃이 되었네*

나이에 어울리지 않게 꾸부정한 등
햇빛이 부끄러워 고개 숙인 채
누각(樓閣)에 기대어 흐르는 강물 바라보는 동안
살아온 세월이 밑바닥 드러내고
대숲을 흔들며 기차가 지나가네

웃자란 슬픔 밑동 자르고
겨우 올려다보는 하늘
눈물의 깊은 속뜻 알 것 같은데

슬픔의 뒤쪽 풍경 가만 들추니
꽃숭어리 피어난 돌 속에

*이성복의 시 「남해 금산」에서 이미지를 빌려옴

잠든 여자의 얼굴,

비와 바람 흐르는 물에 씻긴
투명한 주름살도 보이네

달목도*

달에도 목이 있다
달과 달이 목으로 이어진 섬

보름달 뜨면 월항(月項) 치끝 선창에 앉아
굵은 밧줄로 달아나는 마음 붙들어 묶고
밤새 눈물 흘리느라 목이 메었다

짐질이라는 물풀
어디서 무슨 짐 지고 밀려왔는지

달목도 물빛과 가학산 산빛을
흐리게 뒤덮으며 시야를 가렸다

해무는 검푸른 하늘 문 뚫고 곧바로
소낙비 흠씬 두들겨 팰 기세다

안개 헤치고 산을 내려오는데
발바닥에 돌이 박혔다

---

*달목도(達木島)는 완도군의 부속도서인 소안도의 원래 이름이다. 남측과 북측이 월항(月項, 달목)이라는 좁고 낮은 구릉으로 연결된 장구 모양의 길쭉한 섬이다.

바닷물에 발 담그고 소금기로 불려본다

밀물과 썰물 휘몰아칠 때마다
바다 속 깊이 치마를 뻗치고 온몸 뒤척이며
몽돌이 부르는 노래에 보름달도 목이 메인다

늦가을 폐사지

마른 풀들의 자리
오래전 이곳에 누가 탑을 세웠다

기단만 남은 폐사지(廢寺址)에는
땅속 깊이 뿌리 내린 풀들의 상처
어루만지며 석조의 탑을 세운 사내가 있었다

어둑한 처마 끝 풍경 울리는 탑은
편안해진 허공을 걸치고
등 뒤로 시끄러운 잡담을 담담하게 듣고 있다

바스락거리는 낙엽 소리
공(空)으로 돌아오는 소리

양지바른 절 마당에 묻어둔 법문이
돌확에 떨어지는 물소리보다 더 크게 들린다

늦가을 폐사지는 솟아오르는 공이다

꽃을 보는 방법

한 줄의 꽃
너무 오래된 문장이다

인생이 밑줄 친 문장 한 줄로 요약되기를 바라며
낡은 외투만 퇴고하고 있었네

자꾸 꽃을 만지지 말라
낫질한다고 용쓰지 말고 낫질재 넘어야
거친 산등성이 참꽃으로 물들일 수 있지

산수유 홍매화 진달래 흐드러지고
지천에 자라던 쑥은 어디로 갔나
비슬산 올랐다 시구가 막혀 울면서 내려왔네

달창저수지 창이 하늘과 맞닿아
비슬산 등성이에 참꽃 피듯

앙마른 가슴에 불, 불 질러줄
시 한 줄, 이 봄에 만나고 싶네

색계

빨강 노랑 꽃무늬 횡단보도 지나 초록으로 건너간 정오였습니다

당신은 구석진 자리에 앉아 파랑파랑 떨고 있었고
나는 늦어 미안하다는 투로 겸연쩍게 분홍 미소 지었고요

초록이 꽃밭 가득 피어난
정돈된 실내에서 자주 시간 지나도록
선거와 주식, 연애와 색의 말들을 두서없이 늘어놓았어요

보라 시 왼쪽으로 약간의 틈새를 보였을 뿐인데
공장 지붕 위로 색바람 불고 또 불었지요

남색 별의 시간이 되자
비로소 다른 색상끼리 모였던 빛깔은 각자의 색계로 흩어져가는 것이었습니다

3부
응달 한 뼘

숲의 독백

숲에는 나를 빨아들일 흡반이 없다
숲속 샘은 물이 없어 물 마를 일도 없다
저 숲에는 새들도 집을 틀지 않는다
환한 응달 한 뼘 드리우지 못한
눈물로 나뭇잎 하나 적실 수 없는
숲에 갈 일이 없다
그러므로 숲에 대해 아무 말 하지 않으련다
질러가는 길조차 찾을 수 없으니
숲은 지나쳐 갈 수도 없구나, 상한 새여

기울어진 골목길

두류산* 발등쯤 되는 언덕배기

골목의 전봇대는
예나 지금이나 피사의 기울기로 서 있다

산 정수리에 꽂힌 타워가 경사를 붙들지 않으면
모조리 반고개** 쪽으로 쓸려 내릴 기세다

이 골목길 지날 때면
걷는 사람도 비스듬히 기울어진다

골목 끝에 자리한 구멍가게는 예전 높이 그대로
삶의 기울기 유지하고 있지만 이발소는 없어졌다

구석에 잔뜩 뭉쳐진 시간이
아버지의 깊고 무서운 눈빛처럼 쌓여 있는 골목

차마 고개 들고 바라보지 못한 아버지 생선 상자

---

*대구 중심부에 있는 산으로 형태가 둥글게 펼쳐져 있어서 두리반이라고 불리다가 두류산
으로 지칭되었다.
**예전 대구 서쪽 외곽지역의 관문이 되었던 고개

비스듬히 쌓인 시장길 거슬러 오르면
완고하게 나를 밀어내는 지난날의 그림자

아버지 가신 지 이미 오래되었지만
저녁 햇살이 가랑이 사이로 비켜 흐르고
기억은 모조리 쏟아져 비탈에 큰개불알꽃 지천이다

맥없이 떨어지는 나뭇잎은 아직도 비스듬히
빗금을 긋는다

언덕 위 소나무

푸른 하늘 아래 높다랗게 치솟은 언덕 위 소나무
허리에 권총 찬 아버지 같다

어린 나는 늘 각 세우고 군기 잡혔다
저녁 늦게 집으로 돌아온 아버지
점호가 시작된다

니, 오늘 머했노?
누구를 위하여 종을 울리나 봤심더!
씩씩하게 소리쳐 대답하지만 곧바로 엎드려뻗쳐
삼형제가 차례로 줄빠따 맞고 나면
너 때문에 혼났다고 형들한테 한 번 더 군기 잡혔다

어린 나는 옆구리에 권총 찬 아버지가 무섭고 싫었다
마주치지 않으려고 문밖을 떠돌다 은둔술을 배웠다

때로 아버지의 흑백시절이 그립다
두렵기만 하던 아버지 얼굴 지금 다시 그리운 이유는
내 기억 속 권총 이미지 때문

블라디미르 블라디미로비치 마야콥스키

심장에 박제된 권총처럼
유품으로 물려받은 파카 만년필 한 자루 애지중지 한다

바람에 흔들리는 잎사귀 붙잡아 놓고
아버지 만년필로 사각사각 생의 밀어 새기노라면
빙그레 웃고 서 있는 저, 언덕 위 소나무

다락방 알레고리

나를 눈뜨게 한 사건은 모두 다락방에서 일어났네

기관차의 객실처럼 칸칸 연결된
키 작은 다락방에 알레고리가 살고 있네

아홉 살 명절날 어른들이 남긴 백화 반 잔
겁도 없이 벌컥 마시고 다락방으로 숨어든 그 날,
아버지가 매일 술 마시는 이유가 분명해졌네

내가 사는 지구별이 둥글게 자전한다는 걸 알게 된 곳도
다름 아닌 다락방이었네

살과 뼈가 부딪히는 몽정과 몽상 사이

귀먹고 눈멀어 살아온 어제가 번쩍, 눈 뜨고 일어나
천둥소리 처음 듣는 그 저녁

검붉은 빛이 격벽(隔壁)을 뚫고 유리창 문 두들길 때,
다락방에 꽃무릇 가득 피어나고 온몸에 불길이 치솟았네

나는 느닷없이 성장을 멈춘 아이

다락방이 너무 편해 키가 자라지 않았네

키 작은 기관차는 더 이상 기적을 울리지 않네
태어난 걸 후회하지 않아도 되었네

톡, 세상

집으로 가는 길이다

페북의 것들을 읽고 또 읽는다

집게손가락 가볍게 한번 톡, 두들겨
좋아요, 해주거나 톡톡톡 몇 마디
댓글 달아주기도 한다

얼숲 세상 얼벗의 말 뚫어져라 보며 걷자 하니
눈앞이 어리어리 위험한 밤길이다

아파트 마무리 공사가 한창인 신작로

글자판 톡톡톡 두들기며 멈춰 섰는데
담장 너머 개나리 하늘하늘 몸 흔들며 알은체한다

개나리 노란 안부가 궁금해
아내한테 카톡 문자 보내 봐도 답이 없다

오늘은 카톡도 안 하고 무얼 하나
궁금해, 이모티콘 하트 한 방 날리니

카톡카톡 아내 답글이 돌직구다

마늘 까는 중이란다

신천지

발갛게 익은 석류나무 열매 속
창문 열고 등불 켜둔 자잘한 집들

멀리서 바라만 봐도
하루가 환해지던 때가 있었는데

마당가에 한가로이 뛰어놀던 강아지
툇마루에 앉아 햇볕 쬐며 하품하던
흰 고양이의 풍경은 이제 없다

콘크리트 속 마당 없는 일상이 닭장 같다
엉덩이로 깔고 앉는 이웃집
머리 위 층층마다 성도 이름도 모르는
낯선 사람들이 일가를 이루고 산다

따닥따닥 붙어 견디는 벌집촌에
꿀벌은 살지 않는다
협동과 단결도 없고 품앗이도 하지 않는다

쇳덩어리 상자 안에서 가끔 이웃을 만나지만
아무 상관없는 사이처럼 서로 외면하고

눈인사도 없이 지나치는 소통 없는 세대
층간 소음에 시달려 나날이 지쳐가는 아내

누가 이곳을 신천지라 이름 지었나

등꽃

지방종 제거 수술 받으러 와서
혹이 하는 말을 들었다

등에 뾰루지보다 조금 큰 혹이
점점 커지더니 말을 하기 시작한다

사막에서 낙타를 타고 왔단다
넓적한 잎사귀가 가시로 변한 선인장처럼
내 마른 등에 내려앉아 뾰족한 꽃 피우는 중이란다

민들레꽃 피었다가 홀씨로 날아
코스타리카 열대 숲으로 이사 갈 때까지만
기다려 달라고 부탁한다

당분간 수술을 미루기로 한다

등이 가렵다
사막에 포아풀이 자라고 선인장도 꽃을 피운다

근심을 썰며 맨발로 다가서는
손닿지 않는 등나무 회랑까지

보랏빛 환한 꽃길이 열렸다

길을 걷다가 꽃가루 찾는 벌새나
나비의 유혹을 받게 될지도 모를 일이다

그 저녁 쓸쓸

가야 할 곳으로
데려다줄 버스 기다리는데
너무 오랜 시간 보냈습니다

버스 대신 구름 몰고 온
저녁을 읽느라
기다리는 시간 다 보냈습니다

버스가 왔지만
매일 퇴근하는 그 버스를 타지 않았습니다

갈 곳 없는 쓸쓸을
남루하게 걸치고 서 있는 것 말고는
마땅히 하릴없는 저녁

해와 달, 그 사이

정류소 담벼락 서성거리는 구름과
참제비고깔 입술이 겹쳐 보이는

시금장 시다

어느 날 사마귀 한 마리가
달리는 기차 바퀴에 깔려 죽었다

그가 과연 기차를 멈추려고 뛰어든 것일까?

사마귀는 구르는 바퀴에 깔려
철길이 되고 싶었는지도 모른다

어린 시절 철로 위에 몰래 깔아놓은 쇠못처럼
가속도를 버리고 구르는 바퀴를 멈추고 싶을 때가 있다

시 쓰다 말다 헛발질만 하다

여름내 보리방아 찧어 만든
시금장 한 숟가락 퍼먹는다

짜다 맵다 시다 쓰다
물 붓고 한소끔 끓인 시금장 시다

등골나물

산나물 뜯으러 갔다가
가을 들마루 초원에서 만난 꽃

자줏빛 두상꽃차례 갓털 수북한 화색에
등골이 오싹하다

달걀 모양 긴 잎자루 가장자리
백상아리 이빨이 돋았다

꽃이 아니라 나물이다
나물이 아니라 약전(藥典)이다

등골나물 수과(瘦果) 익는 계절이 오면
오래 앓던 병마도 사라지겠다

큰 말랭이 가을 풍경 한 자락
그늘에 말려 토우슬 차 달여 마시면

고뿔도 배앓이도 코로나마저도
떠날 채비 서두르는 자줏빛 저물 무렵이 온다

내가 버린 것들

새집으로 이사 들어가는 날, 버리고 온 낡은 책상과 장롱, 정든 옛것을 생각한다. 새것들이 번듯한 집과 구색 맞춘 듯 어울려 보이지만, 쉬 정들지 않는다.

되짚어보면, 알지 못하는 사이 내가 버린 것들이 얼마나 많은가. 한때 사랑을 나누다가 헤어진 사람은 지금 어디에? 젊은 날 놓친 기차, 기차 놓치지 않으려 서두르다 역사에 두고 온 가방, 그것들은 이제 알아볼 수조차도 없을 만큼 색이 바래졌겠지.

엔진이 고장 난 비행기가 중량을 줄이려고 화물을 내던지 듯 버릴 수밖에 없던 것들, 어느 때 어디서 흘려버렸는지 알 수 없는 그냥 지나친 무릅나무, 으름꽃, 산싸리, 고마리, 닭의 장풀, 금계국, 바위취, 설앵초, 병꽃 등과 문장으로 남기지 못 한 가여운 것들,

모든 기억, 그 흔적이 상함의 단단한 껍질 뒤집어쓰고 언 젠가 누추한 몰골로 찾아와 창문 두들기며 큰 목소리로 떠들 어댈는지도 모른다. 새집으로 이사 들어가는 날처럼, 버리고 온 것 중 하나가 속내 흔들어놓듯

구월이 오면

오리라, 차창 밖으로 손 흔들며
명절날 찾아오는 귀성객처럼

달리는 버스에 지친 몸 싣고
속절없던 시절의 아직 끝나지 않은 방황이

깊은 골짝 긴 강 건너오리라

우리는 기다린다

시금치밭 같이 싱싱하고 푸른 밤
어둠이 없는 밤, 고통이 아닌 밤을

기다린다, 거듭 날이 바뀌고
핀 꽃들이 시든 뒤에도

정처 없이 객지를 떠돌던 우리들의 안부
발걸음도 가볍게 돌아오리라

구월이 오면 보게 되리라

흰 구름에 젖은 늦은 오후의 바람이

그대 이름 불러주리라

냇물에 먹 감고 흐르는 낮은 목소리 듣게 되리라

서랍 속 상자

아껴두고 싶은 것들은
서랍 속 상자에 고이 넣어둔다

너무 잘 넣어 둔다는 것이
정작 찾을 때 못 찾고 애를 먹기도 하는데

책상 서랍부터 장롱까지 다 뒤져도 안 보이던 것이
각중에 나타날 때가 있다

우연히 서랍 속 상자를 열었을 때
무슨 보물인 양 소중히 간직해온 것들

잡동사니들이 아무렇게나 쌓였지만
내가 살아온 흔적이 상자에 고스란히 담겼다

별것도 아니면서 차마 버리지 못한
시절인연을 다시 마주하였을 때
단순한 기쁨보다 짜릿한 전율이 돋기도 한다

흑백사진 속 바다는 아직도 잔물결 출렁이고 있다

먼 바다에서 밀려온 모래의 말들과
정든 옛집 지붕 위 구름의 수사(修辭)가
추억을 아름답게 하는 것인지도 모른다

어느 나무에 도드라진 옹두리*인가
옹이 박힌 나무가 더 단단하듯
상처의 내공이 깊어지면

서랍 속에 박제(剝製)된 옛사랑도
언젠가 다시 찾아올 것을 믿는다

---

*나뭇가지가 부러지거나 상한 자리에 결이 맺혀 혹처럼 불퉁해진 것

4부
태양 속 아이들

태양 속 아이들

태양 속 아이들이 걸어 나온다

집을 짓는다 나는 주소를 모른다 꽃밭을 만든다 꽃 피는 커피나무를 심는다 대문이 솟아오른다 각자의 집에 문패를 단다 골목길을 연다 강물은 그즈음에서 넘치고 모두 나와서 발을 씻는다 식구들은 괘종시계를 건다 지붕 위에 빨래를 넌다 바람이 불지 않는다 풍차가 무더기로 죽는다 눈은 종점에 내리고 13월에 꽃들이 피어난다 밀물의 방패를 들고 섬들이 밀려난다 바다가 뒤집힌다 아이들은 아프리카로 간다 무지개는 사막에서 온다 태양의 중심에서 별들이 풀려난다 방 안으로 들어와 달빛은 슬피슬피 운다 이미 세상에 태양은 없다 아이들의 종적도 알 수 없다 빈방이 저 혼자 집을 지킨다 둥근 물방울 속 잠은 흡반처럼 모든 것을 빨아들인다 결별한 어제를 빨아들이고 시냇물을 빨아들이고 싸리꽃 흙길을 빨아들이고 혓바늘 돋는 문장의 거친 호흡으로

구름 위를 걸어 다니는 둥둥 울리는 북소리

자정의 꿈

창밖에 가득히 눈 내리는 밤
나의 잠은 기차를 타고 떠났다

낮은 곳 먼저 눈들은 쌓이고
드러난 살은 모두 희어져
어둠 속에서도 하얗게 빛나는 언덕을 넘어
십 리쯤 다가오는 나무를 보았다

어느 이름 모를 활엽수의 중심에서 솟아오른 새들은
밤이 너무 깊어서 잠들지 못하고

조금씩 자취를 감추어 가는 별자리를 쫓아
꿈의 궤도를 그리고 있었다

나는 문득문득 없어진 별 하나를 그리워하다가
새처럼 쉽게 날아오르지 못함을 부끄러워하였다

눈은 좀처럼 그치지 않고
터널을 지나 비켜서는 나무들 사이로
어깨 나란히 눈 덮인 산들이 일어서서

밤마다 꿈꾸는 종착역까지
가 닿을 수 있을까?

갈수록 길은 걱정에 쌓인다

은행나무 노랗게 물들기 시작하던 그 무렵

은행나무 노랗게 물들기 시작하던
그 무렵 아내는 먹지 못해서 노랗게 뜬 얼굴을
나뭇잎 속에 몰래 감추고 행상을 나갔다

우리 집 하나 갖기 위해서라고 아내는 말하지만
날마다 조금씩 아내의 밥그릇이
작아지는 이유를 나는 알고 있었다

비 오는 날 저녁엔
소화불량이야 혹은 입덧을 하나 봐
하고 웃어 보이는 빈혈의 아내 얼굴 바라보다가

책상 위에 쓰러지는 책들을 찢으며 울었다

내 눈물 하나가 말없이 돌아앉는 아내 등 뒤에
아프게 박히는 못이 되고 있음을 알지 못한 채

그날 저녁의 가난은 쉬 저물고

나는 비겁한 책들을 옆에 끼고 도서관으로 향하고

은행나무 노랗게 물들기 시작하던
그 무렵 아내는 먹지 못해서 노랗게 뜬 얼굴을
나뭇잎 속에 몰래 감추고 행상을 나갔다

새벽바다

바람은 떠난다

눈높이의 전방을 보며
닫혀 있는 문에 부딪혀도 멈추지 않고
지붕 위에서도 뛰어내려
바람은 어김없이 바다를 향하고 있다

깊은 잠의 뿌리를 캐어 놓고
긴 혓바닥으로 문밖을 핥고 있는 새벽

모두가 바다로 간다

더러는 산맥처럼 흐르다가
가끔씩 빈 들녘에 서성이다가
출렁이는 강물을 따라 바다로 간다

우리가 풀잎이었을 때,
다만 들녘에 누워 앓는 풀잎이었을 때

살갗을 스치고 지나간 바람은
보라, 어느덧 바다에 이르고 있지 않은가

바람이 모래집을 짓고 썰물을 만난다

사람들은 모래의 집 속에서
모래처럼 잘디잘게 부서져 다시 모이고
지나간 것은 모두 바다에서 찾는다

흔들리다가 흔들리다가도 끝이 기울지 않는 수평의 바다

침몰한 것은 다시 떠오르고
헤어진 것은 모두가 바다에서 만난다

종이비행기

어머니 치마폭에 싸여 있던 내 일곱 살 적 꿈 몇 장
종이비행기를 접고 있었다

색색(色色)의 비행기들은 마을을 지나
민들레 꽃씨처럼 날아다니고

키를 넘어 나뭇가지 사이로
노랗게 물든 잎사귀를 흔들며 달아나는

바람을 뒤쫓다가
돌아와 논바닥에 쓰러지는
아버지의 출혈을 보았다

훨씬 뒤의 일이지만 별이 보이지 않는 밤이면
성경책 한 권을 모두 찢어서
교회당 지붕 위로 날려 보냈다

내가 날려 보낸 종이비행기
십자가(十字架)의 중심으로 솟아오르는 것을 보고
까닭 없이 눈물 흘리시던 어머니

예수처럼 말씀하셨지
저 산을 넘어가거라

산을 넘으면 물이 있으리라
물을 따라 흐르다가 흐르다가
바다에 가 닿으리라

바다에 나가면 섬을 보게 되리라
네가 다스릴 너의 나라 찾게 되리라

내 몸이 점점 가벼워져서
빈집들만 남은 마을을 버리고 활주(滑走)하였을 때

아버지의 출혈이 바다보다 더 큰
강물로 흐르고 있는 마을

장엄한 물무늬의 곡류
어머니, 어머니 눈물의 논밭

그 아래로 단풍잎 같이 떨어져 쌓이는
내 일생의 종이비행기들

유년시첩(幼年詩帖)

한때 나무둥치를 태우고 불타올랐던 사랑은 시들고
꼭꼭 채워두었던 생활의 앞단추 순간적으로 풀어헤치며
어머니 사랑은 무분별해지기 시작했다

어머니 품속이 아직 내 꿈의 꽃동산일 적
어머니 따라 외가로 가는 길목에 이르러
자꾸만 발을 헛딛고 넘어져 무릎 다치던 기억도

돌길 지나 아버지 무덤이 보이던 산등성이 쪽으로 목례 드
리고 난 뒤
올려다본 읽어낼 수 없었던 어머니 표정도

점점 무분별해지는 어머니 사랑과는 무관한 것이라 생각
했기에
우리 살던 옛집 지붕은 오래도록 어둠으로 남아 있었다

어둠은 내 주위의 모든 귀를 덮고 있었고
시절이 다 가도록 다시 꽃피지 않는 집 앞의 사랑나무
어둠으로 뒤덮인 마을과 길을 잇는 불빛 아래에서
어머니의 귀가를 기다리는 밤

골목을 스치고 지나가는 행인들 발소리가
등 뒤로 두려움의 생각 끌고 가버릴 때까지
초생달 같은 조바심 별과 함께 반짝이고 있었다

보름달

아주 오래된 낙서장에 노란 보름달 한 장 떠 있다
달 여행을 떠나는 날이다

닐 암스트롱이 케이프 케네디 공항 우주선 관제소를 나와
발사대로 향하며 손 흔들 때
바람도 불지 않는 달의 황량한 표면 위에 성조기 꼿꼿하게
세울 때
엄마는 명랑을 삼키며 앓는 소리를 내고 있었다

착륙선 곁으로 걸어가는 우주인의 월면 보행이
엄마를 찾아가는 어린 게 한 마리 엉금엉금 기어가는 듯
보였다

그날도 술 취한 아버지한테 온몸에 피멍이 들도록 두들겨
맞으며
정지문 한 짝 붙들고 그 지랄 같은 의식이 빨리 끝나기만
기다렸다

멀리 도망도 못 가고 동네 점방 같은 데나 가서
착륙선 창 넘어 보이던 달의 뒷면처럼 홀로 우두커니 어두
워져 있었다

인간이 최초로 달에 가서 첫발을 내딛는 역사적 순간에 나는 무슨 생각에 골똘하고 있었던가
　지구 바깥으로 벗어난 추진 로켓이 다른 세상으로 아버지를 싣고 떠나주기를 빌고 또 빌었던가

　달을 범한 인간은 다시는 달을 밟지 못했고
　어느 날 궤도를 이탈한 추진 로켓이 아버지 대신 엄마를 태우고 블랙홀 속으로 사라졌다

　오래된 낙서장 속 보름달 한 장, 멍투성이 엄마 얼굴이다
　정월 대보름 밤, 아버지도 엄마도 없는 빈 하늘에, 큰 달이 떴다

물의 나라로

어두워지기 전에 가리라

녹슨 체인을 끌고 가던
자전거가 버려져 있는 폭풍 속
매몰된 길을 넘어가리라

습진 같은 어둠이 낮의 매복을 풀고
쳐들어올 때에

어디론가 가야 할, 내가
가야 할 그곳을 찾아가리라

우울한 시절의 복도를 지나서
불끈 마을의 적막함처럼 깊이 잠든
풀잎의 내면을 흔들고 가리라

어두워지기 전에 가리라

갈 길을 잃어 불안한 꿈들이
혈관 깊은 곳에 숨겨두었던 비수를
꺼내어 들고 찾아가는 곳

울울한 침엽수림에 갇힌 영혼이
산에서 뛰어 내려와 뗏목을 타는

저기, 굽이쳐 흐르는 물의 나라로

나, 등 뒤에

나, 등 뒤에 그림자로 누워
음지식물과 말 나누는 동안
떠오르는 생각 묶어두지 못하고

방안에 풀어놓은 물감 천장으로 기어 올라가
지난날을 채색하는 것 보았다

나, 등 뒤에 그림자 지워질 때까지
말미잘 같은 꿈속 둥근 집 짓고
음악책을 덮고 누워 노래 불렀다

연필로그린바다와섬사이갖은색물방울서로만나펼쳐보이
는나라
　물의침대로가라앉는바다그바다밀물에덤벼드는유월의꽃들

나, 둥근 집 짓고 또 무너뜨리며
8분 음표로 4분 쉼표로 생을 등분하다가
세월의 편각(片刻)마다 떠오르는 일곱빛깔무지개를 보았다

물방울 무리 지어 천장으로 상승하고
사방벽지에 신열 뒤의 반점 같은 흑점이 돋아났다

귀와 달과 물의 삼각함수

이경호(문학평론가)

1. 순환의 짜임새

박상봉 시인이 2년 만에 펴내는 세 번째 시집은 그가 지금까지 펼쳐 보인 시 세계를 일목요연하게 정리하면서 심화하려는 의욕을 담아내고 있다. 그러한 의욕은 첫 번째 시집과 두 번째 시집의 간격이 14년이라는 사실을 참고하면 수월하게 입증된다. 오랜 세월 참아내거나 미뤄두었던 시 쓰기가 최근 몇 년 사이에 절실하게 마음의 손길을 잡아챈 결과, 2년 만에 보다 조직적인 짜임새와 깊이를 마련한 시집을 선보인 셈이다.

이번 시집이 두 번째 시집 『불탄 나무의 속삭임』보다 조직적이라는 느낌은 무엇보다도 시집을 구성한 체계에서 확인할 수가 있다. 4부로 구성된 이번 시집은 1부에서 '잃어버린 귀'라는 유년의 체험을 주춧돌로 삼아서 시집 전체를 이끌어가는 상상력의 원동력이자 핵심 소재이기도 한 '달'과 '물'의 이미지를 펼쳐 보인다. 그리고 2부에서는 달과 물의 이미지가 품고 있는 상실감과 슬픔과 그리움과 같은 정서들을 자연의 풍경으로 변주하는 시편들을 선보인다. 3부에는 그러한 서정을 가족사와 생활의 영역으로 확장한 시편들이 배치되어 있으며 마지막 4부에는 다시 출발점인 달과 바다로 회귀하는 작품들을 담아놓고 있다. 이러한 회귀나 순환은 달이나 물의 속성을 따져보면 당연한 이치로 보인다. 물론 4부에 제시되는 달과 바다는 출발점의 그것들과는 사뭇 다른 함의를 내포하고 있다. 결국 시집의 구성은 귀와 달과 물이라는 세 가지 이미지를 중심으로 순환하는 짜임새를 구축하고 있는 셈이다.

이번 시집의 짜임새는 두 번째 시집에 제시해 놓은 유년 시절의 충격적인 체험과 그 체험이 환기해 주는 핵심 이미지들을 출발점으로 삼고 있다는 점에서도 확인된다. 이런 연계 전략 또한 자신의 시 세계를 정리하면서 확장하고, 동시에 심화하려는 의욕의 소산으로 보인다. 그러면 두 번째 시집에 제시된 충격적인 체험과 핵심 이미지부터 살펴보도록 하자.

미운 일곱 살 물에 빠졌다
어느 여름날 더위 씻으러 물가 갔다가
헤엄도 못 치는 기 먹 감으러 물 안 들어갔다가
바닥 모를 곳으로 까마득하게 발을 내려놓았다

멀리서 형아의 울부짖는 몸짓 눈앞에서 금방 지워지고
발이 닿지 않는 물의 바닥 세상이 물 밖으로 점점 멀어져 갔다

「푸른 초장의 기억」 부분

갈수록 이명이 들린다

미처 알아듣지 못한 말 남겨둬야겠기에

귀를 빼 서랍에 넣어두었다

…(중략)…

언젠가 우연히 서랍을 열었을 때

잃어버린 귀를 찾은 반가움이란

집 나간 아이를 만난 것만큼 살가운 일이다

귀를 꽂고 나니 바다가 보인다

언젠가 무작정 기차를 타고 가서 만난

한때 연인이었던 바다

언제 나를 따라와 얼마나 오래

서랍 속에 머물렀던 걸까?

「귀를 빼 서랍에 넣어두었다」 부분

일곱 살 때 더위를 피해서 형과 함께 미역 감으러 물가에 나섰다가 갑자기 깊어지는 물에 빠져서 죽다가 살아난 체험이 그의 삶과 시 쓰기에 중요한 모티프를 제공하고 있다. 물에 빠진 사고가 청력에 문제를 일으켰기 때문이다. "잃어버린 귀"라는 표현이 그러한 정황을 암시해 준다. 그런데 잃어버린 귀는 삶의 상처만 환기해 주지 않는다. 그것은 삶의 회복과 관련된 이중적인 기능을 수행하고 있다. 바로 그렇기에 잃어버린 귀가 시적인 모티프로 활용될 수 있었을 것이다. 특히 이번 시집의 1부에서 집중적으로 표현되고 있는 잃어버린 귀는 강물에서 바다에 이르는 물의 수평적 이동과 하늘에서 지상으로 내려오는 달빛의 관계를 아우르면서 박상봉의 삶과 시 쓰기를 포괄하는 핵심적인 기능을 감당하고 있다. 따라서 박상봉의 이번 시집을 살펴보는 이 글도 시적 화자의 잃어버린 귀와 물과 달이 어울리는 관계를 분석하는 작업에 집중하게 될 것이다.

2. 달빛과 귀의 관계

먼저 이번 시집을 열어 보이는 작품이 달빛의 감각을 표현하고 있는 내용부터 살펴보도록 하자.

책상 아래 달밤이 쪼그리고 있다

바람이 창문 열고 들어와 의자에 앉아 쉴 때

먼저 당도한 달밤이 방바닥을 긁어대고

책상 밑으로는 켜켜이 쌓인 달의 눈동자

직립한 시계바늘이 벽면을 둥글게 더듬고 있다

고요가 달의 목덜미를 어루만지는 밤이다

우주의 자궁에서 푸른 별 잉태하는 시간

「달밤」 전문

이 작품에 표현된 달빛의 감각은 "방바닥을 긁어대"는 촉각이나 "켜켜이 쌓인" 시각으로 활용된다. 그런데 이러한 촉각이나 시각의 효과는 모두 "달밤"의 고요한 분위기가 빚어내는 결실이다. 그러한 효과를 시적 화자는 "고요가 달의 목덜미를 어루만지는 밤이다"라는 표현으로 확인해 주기도 한다.

그런데 이러한 달밤의 고요가 어쩌면 잃어버린 귀의 정황 속에서 마련되었거나 누릴 수 있는 감각의 내용이라는 사실을 주목할 필요가 있다. 더구나 시적 화자는 달밤의 고요한 분위기를 "우주의 자궁에서 푸른 별 잉태하는 시간"이라고 생명력이 충만한 느낌으로 받아들이기까지 한다.

이번 시집의 첫 번째 작품에서 달밤의 적요함을 생동하는 감각이나 생명력의 충만함으로 수용하는 시적 화자의 태도가 잃어버린 귀와 관련된 단서는 두 번째 작품에서 발견이 된다.

귀를 잃어버렸어요
귀가 없으니 말을 잊어요

…(중략)…

엄마가 심부름시킨 일은
저녁이 오기 전에 까먹기 일쑤예요

내가 잘못한 게 아니에요
해가 내 머리를 먹었나 봐요

땅이 마르고 자꾸 야위어가요

곰나루에 쪼그리고 앉아
긴 강 바라보면
낮에 나온 반달이
강물에 발 담그고 있어요

저 달 타고 노 저어가면
오래전 집 나간 귀를
찾을 수 있을까요

「낮달」 부분

달밤과 대비되는 "낮달"의 정황에서 "귀를 잃어버"린 사실이
언급되고 있으며 한낮의 상황이 시적 화자에게 불편함이나 무
기력을 안겨주는 근거를 "해가 내 머리를 먹었나 봐요"라는 고
백에서 확인할 수가 있다. 낮의 세계를 지배하는 해와의 적대적
인 관계가 일상생활에 대한 적응력을 약화시키고 있는 것이다.
시적 화자는 그러한 느낌을 "땅이 마르고 야위어가요"라고 고백
하기도 한다.

그런데 한낮의 현실이 절망적이기만 한 것은 아니다. 그 시간
에도 "낮에 나온 반달"이 존재하고 있기 때문이다. 한낮의 일상
을 지배하는 해는 생의 활력을 건조한 상태로 앗아가 버리지만
"낮에 나온 반달이 / 강물에 발을 담그고 있"어서 생의 활력을
보충해 줄 수가 있는 것이다. 반달은 아직 온전하지는 않으나 보
름달의 여정을 예비하고 있으므로 그 여정을 따라가기만 하면

시적 화자의 마비된 귀를 비롯한 몸의 지체들은 온전한 활력을 회복할 수도 있을 것이다. 그런 여정에 대한 기대감을 시적 화자는 "저 달 타고 노 저어가면 / 오래전 집 나간 귀를 / 찾을 수 있을까요"라고 표현한다.

그렇다면 이번 시집의 행로와 시적 화자의 삶에 대한 여정을 짐작할 수가 있다. 그 행로와 여정은 해로부터 달로 나아가는 행로이며, 강으로부터 바다로 나아가는 여정이며, 마비된 귀가 온전한 청력을 기약하는 길이기도 할 것이다. 이번 시집은 아마도 그런 길에 놓인 여러 이정표와 수렁들을 살펴보고 점검하는 작업이 될 듯하다.

3. 화살 같은 햇빛

이번 시집에서 시적 화자에게 귀와 관련된 삶의 상처를 환기해 주는 해의 이미지는 "화살"의 날카로운 공격성을 보여준다.

새벽이 빈 들판을 향해 화살을 쏘았다

숲을 헤치고 지나간 햇살은
도시 중심가 건물에 날아가 꽂힌다

질서를 잃은 건물이 한꺼번에 쓰러지고
손쓸 수 없는 상처를 부여잡고
감청색 물감 잔뜩 흘려놓은 하늘

「네게로 가는 아침」 부분

"햇살"의 공격성은 "도시 중심가 건물"로 상징되는 시적 화자의 문명적 일상을 훼손하거나 무력하게 만드는 영향력을 미치고 있다. 그렇게 무력해진 일상은 귀를 잃어버린 장애와도 연관되어 있을 것이다. 분주하며 들끓는 소음으로 가득한 도시의 질서와 치열한 경쟁 체계는 시적 화자에게 "손쓸 수 없는 상처"를 제공하는데, 그런 상처를 시적 화자는 "녹슨 체인을 끌고 가던 / 자전거가 버려져 있는 폭풍 속 / 매몰된 길"(「어두워지기 전에」)의 풍경으로 표현한 바도 있다. 시적 화자는 그런 상처의 질감을 "감청색 물감"으로 표현해 보인다. 감청색은 가열한 한낮의 햇살이 거느린 배경색인데, 짙푸른 색감은 달의 노란색과 대비되는 효과를 간직해서 주목해야만 한다. 감청색이 아침부터 한낮에 이르는 분주하면서 파괴적인 노동의 영역인 '블루칼라'를 상징하는 반면에 노란색은 저녁부터 밤에 이르는 휴식과 생성의 영역을 상징한다는 점에서 그렇다. 달의 노란색이 환기하는 휴식과 생성의 분위기는 이번 시집의 첫 번째 작품인 「달밤」에서 이미 확인한 바 있다.

　그렇지만 저녁 시간대의 달이 휴식보다 매혹적인 생성의 분위기를 만들어 내는 풍경을 만끽하려면 다음의 작품을 감상하는 것이 더욱 좋을 듯하다.

　어린 시절 숙제를 끝내고 밖으로 나가보면

　어둠 속에 던져진 저녁이 가난해지고
　동네 어귀 은행나무 아래 만두집만 불 켜고 날 기다렸지

만두, 하고 외치면
반갑게 돌아보며 상큼하게 웃던 고 계집애

빗살무늬 창틈으로 들어온 달빛에
속살이 얼비치는 교자 한 접시

···(중략)···

만두는 늘 부풀어 올라
그 집 앞 지날 때마다 은행나무
샛노란 잎사귀 흔들며 몽정을 쏟아냈지

「만두」 부분

이 작품에서 봉긋하게 "부풀어" 오르는 만두와 "계집애"의 "봉긋한 젖살"과 "은행나무 / 샛노란 잎사귀"는 세 겹으로 포개지면서 보름달의 육감적인 형상과 생명력을 절실하게 공감하도록 만들어 준다.

그런데 한낮 햇살의 공격성은 가족사의 요소로도 편입이 되어서 눈길을 사로잡는바 그것은 바로 "권총 찬 아버지"의 모습이 안겨주는 상처 의식이다.

푸른 하늘 아래 높다랗게 치솟은 언덕 위 소나무
허리에 권총 찬 아버지 같다

···(중략)···

어린 나는 옆구리에 권총 찬 아버지가 무섭고 싫었다
마주치지 않으려고 문밖을 떠돌다 은둔술을 배웠다

때로 아버지의 흑백시절이 그립다
두렵기만 하던 아버지 얼굴 지금 다시 그리운 이유는
내 기억 속 권총 이미지 때문

블라디미르 블라디미로비치 마야콥스키
심장에 박제된 권총처럼
유품으로 물려받은 파카 만년필 한 자루 애지중지한다

바람에 흔들리는 잎사귀 붙잡아 놓고
아버지 만년필로 사각사각 생의 밑어 새기노라면
빙그레 웃고 서 있는 저, 언덕 위 소나무

「언덕 위 소나무」 부분

감청색 하늘 아래 "치솟은 언덕 위 소나무"와 "허리에 권총 찬 아버지"는 공격성의 화살로 상처를 입히는 상징이라는 공통점을 갖고 있다. 그것들은 한낮의 현실을 지배하는 권력자의 모습으로 시적 화자를 억압하면서 시적 화자에게 도피하려는 마음가짐을 품게 만든다. 그런 점에서 "문밖을 떠돌다 은둔술을 배웠다"는 표현은 한낮의 세계를 피해서 저녁부터 한밤에 이르는 세계로 나아가려는 시적 화자의 마음가짐을 환기해 준다. 어찌 보면 달밤의 세계는 휴식과 생성의 세계이면서 은둔이나 감금의 세계이기도 한 것이다. 이 글의 전반부에서 '잃어버린 귀'가 삶의 '상처'만 환기해 주지 않는 '이중적인 기능'을 간직하고 있다는 지적을 한 바 있는데, 달밤의 세계 또한 이중적인 기능을 간직하고 있는 셈이다. 그리고 귀와 달과 물이 간직하고 있는 이중적인 기능이야말로 이번 시집이 성취한 확장과 깊이를 입증해 주는 견인차가 되기도 한다.

그렇다면 화살의 공격성을 갖는 한낮의 해와 아버지의 권총과 언덕 위 소나무는 어떠한 이중적 기능을 수행하고 있을까? 시적 화자는 그러한 이중적 기능을 "파카 만년필"로 변신한 권총의 모양에서 찾아내고 있다. 권총을 만년필로 바꾸어 놓는 마법은 "블라디미르"를 "블라디미로비치"로 변형시키는 이름의 유사성을 단서로 보여준다. 블라디미르와 블라디미로비치는 같은 요소를 간직한 다른 명칭이다. 그것은 러시아 시인인 마야콥스키의 이중적인 존재 성격을 지칭하는 것처럼 보인다. 러시아 혁명의 불안한 현실 속에서 고난받는 존재이면서 치열한 시 쓰기에 매진한 마야콥스키는 한낮에 자행되는 억압에 좌절하지 않는 저녁의 해방구를 찾아낸 셈이다. 그것은 바로 권총이라는 폭력의 현실을 만년필이라는 시 쓰기의 현실로 변형시켜 놓는 방법이다.

그렇다면 언덕 위 소나무의 경우는 어떠한가? 그것은 어떻게 억압과 폭력의 상징인 권총의 존재감에서 벗어나 다른 역할을 수행하게 되는가?

어느 나무에 도드라진 옹두리인가

옹이 박힌 나무가 더 단단하듯

상처의 내공이 깊어지면

서랍 속에 박제(剝製)된 옛사랑도
언젠가 다시 찾아올 것을 믿는다

「서랍 속 상자」 부분

소나무의 존재감을 변화시켜주는 비밀은 바로 "옹두리"에 있다. 마치 옹이가 박힌 것처럼 나무에 난 상처를 수액이 감싸고 치유해 주면서 나무에 혹처럼 둥글게 부풀어 오르는 혹 모양을 옹두리라고 하는데, 그것은 마치 "블라디미르 블라디미로비치 마야콥스키 / 심장에 박제된 권총"의 또 다른 분신이자 이중적 존재로 여겨진다. 상처이면서 혹이었던 권총의 존재감을 달과 항아리와 자궁처럼 치유와 생성의 존재감으로 변화시켜주는 것이다.

그런데 옹두리를 품고 있는 서랍의 모양은 귀와 바다의 관계를 밝혀주는 실마리로 작용하고 있다는 점에서도 주목해야만 한다.

4. 귀와 바다의 관계

이제 강에서 바다로 나아가는 물의 여정 속에서 귀의 존재감이 변화되는 양상을 살펴볼 차례이다. 육지에 갇혀 있는 물의 공간 속에서 시적 화자의 귀는 정상적인 기능을 상실하게 되었다. 시적 화자는 '잃어버린 귀'의 조건 아래서 날카로운 햇살의 공격에 시달리는 삶을 이끌어와야만 했었다. 그런데 달밤의 속성이 그러했던 것처럼 잃어버린 귀의 경우도 이중적인 기능을 통해서 상처를 치유하는 활로를 열어놓는 결과를 보여주게 된다.

거슬리는 소리 듣지 않으려
귀를 빼 서랍에 고이 넣어두었다

어느 날 우연히 서랍을 열었을 때
잃어버린 귀를 발견한 그 순간
눈물이 핑 돌 만큼 반가운 까닭은
너무 오래 듣지 못하고 살았기 때문

귀를 꽂고 나니 먼 바다가 가깝게 들린다

…(중략)…

먼 곳의 풍경만 바라보다가
곁을 살피지 못한 불찰 뒤늦게 후회하며
서랍을 이리저리 뒤져보는데

삐걱거리며 살아온 세월이
어쩌면 파도였는지도 모른다
파도가 바다의 귀였을 것이다

옛사랑의 기억 손바닥 가득 실금 새겨져 있다

「이명의 바다」 부분

작품의 제목이 암시해 주듯 "이명"은 난청이나 잃어버린 귀의 상태를 밝혀주는 증거일 것이다. 시적 화자는 잃어버린 귀 때문에 청력에 장애를 입었던 바, 그의 귀에서는 시도 때도 없이 이명이 들려왔다. 그는 이명을 불편하게 여기고 그것을 장애의 증거로 여겼으므로 귀에서 나는 그 소리의 존재감을 부정하려고 했다. "거슬리는 소리 듣지 않으려 / 귀를 빼 서랍에 고이 넣어 두었다"는 표현은 그런 마음가짐을 고백한 것이다.

그런데 어느 날 시적 화자는 그 이명이 자신의 귀에서 나야만 하는 소리라는 사실을 인정하게 된다. 부정한다고 해서 극복이 되는 것이 아니라는 사실을 자각하게 된 것이다. 상처도 존재의 일부라는 사실을 받아들이게 된 순간 놀라운 반전이 일어난다. "귀를 꽂고 나니 먼 바다가 가깝게 들린다"는 사실을 발견하게 된 것이다. 그토록 자신이 나아가고 싶었던 곳, 삶의 지향점으로, 그리고 창작의 모티프로 삼았던 바다가 바로 곁에 머무르고 있다는 깨달음을 얻게 된 것이다. 이명은 한편으로는 부정하고 싶은 상처였으나 다른 한편으로는 이미 자신의 일부가 되어버린 소중한 생명 작용이었던 셈이다. 시적 화자의 그러한 깨달음은 "삐걱거리며 살아온 세월이 / 어쩌면 파도였는지도 모른다 / 파도가 바다의 귀였을 것이다"라는 새로운 발견으로 나아간다. 이명의 상처를 그가 나아가야 할 세계의 역동적인 밑천으로 삼아버리는 전화위복의 계기가 마련되는 순간이다. 시적 화자는 그런 전화위복의 증거가 마음의 손바닥에 아로새겨진 사실도 깨닫게 된다. "손바닥 가득" 새겨진 상처의 "실금"이 바로 바다로 나아가는 이정표였다는 사실을.

5. 일식을 넘어서기

박상봉 시인의 시적 여정은 처음에는 보름달이 고요하게 차오르며 달빛을 안겨주는 바다를 향하고 있었다. 그곳은 적요함과 생성의 성격을 간직한 곳이다. 박상봉의 시 세계에서 그곳은 소중한 서랍이나 상자와 같은 격리의 공간으로 묘사될 때가 많았다. 하지만 바다는 시적 화자가 반전의 깨달음으로 찾아낸 '파도'가 존재하는 곳이기도 하다. 파도는 은둔하거나 격리되지 않고 관계하거나 마주치려는 의지의 상징체이다. 파도를 통해서 바다가 존재의 상처를 드러내듯 달 또한 해와의 마주침을 통해서 삶의 상처를 만들어 낼 수가 있다.

여름은 문 앞에 신 포도를 주렁주렁 매달아 놓고 순식간에 지나갔다
달이 태양을 가릴 때 먼 바다로 뛰쳐 도망가 아이를 낳았다

밤새도록 애 우는 소리에 시달리고
어수선한 거리의 소음을 피해 방문을 꼭 닫고 지내던 일식(日蝕)의
시절이었다

갓난아기한테 먹일 우유 살 돈 얻으려 담요공장 면접 보러 가는 날
무단횡단으로 체포되어 경찰서로 법정으로 오랏줄에 엮여 끌려다녔다

빈방에 혼자 남은 아기는
아비 찾아 얼마나 방바닥을 기었는지 온몸에 실꾸리 칭칭 감고 있었다

외진 바닷가 더는 갈 곳 없는 세상 끝에 와서

청춘은 오간 데 없고 길을 잃었으나

살아야 할 이유가 목숨보다 질긴 탯줄 때문이라는 사실 알게 되었다

「일식」 부분

한낮의 날카로운 햇살이 쳐들어와 만들어 내는 상처들을 시적 화자는 격리된 공간에서만 숨죽이고 핥아내며 치유의 기회를 도모하지 않는다. 그는 거리로 뛰쳐나와 짐승처럼 온몸으로 부딪치며 격렬하게 저항하는 모습을 보여준다. 그 모습은 바다의 파도를 구현해 보이는 것이기도 하다. 상처를 안겨주는 한낮의 해와 고요한 휴식을 안겨주는 달이 역동적으로 겹치는 '일식'의 상황은 박상봉의 시가 나아가는 새로운 바다의 풍경, 격렬하게 들끓으면서 저항하고 부딪치는 세계의 모습을 보여주고 있다. 앞으로 박상봉의 시 세계가 이러한 바다를 끌어안고 씨름하는 작업에 더 많은 애정을 쏟을 것이라 기대해 본다.

시인 박상봉

1958년 경북 청도 출생. 1981년 「국시」 동인으로 문단 활동 시작. 1990년 하반기
『오늘의 시』(현암사)에 작품 선정. 1995년 『문학정신』 가을호에 시를 발표하면서
문단 활동 재개. 시집 『카페 물땡땡』 『불탄 나무의 속삭임』 『물속에 두고 온 귀』 등
발간. 근대문학 연구서 『백기만과 씨뿌린 사람들』 공저. 현재 「시공간」 동인.

모악시인선 029

물속에 두고 온 귀

1판 1쇄 펴낸 날 2023년 11월 27일
1판 2쇄 펴낸 날 2024년 7월 25일

지은이 박상봉
펴낸이 김완준

펴낸곳 모악

출판등록 2016년 1월 21일 제2016-000004호
이메일 moakbooks@daum.net

ISBN 979-11-88071-65-4 03810

값 10,000원